MONDRAGO

El árbol del Tule

Ana Galán

Ilustrado por Pablo Pino

everest

Dirección Editorial: Raquel López Varela
Coordinación Editorial: Ana María García Alonso
Maquetación: Cristina A. Rejas Manzanera
Diseño de cubierta: Francisco A. Morais

© del texto, Ana Galán
© de la ilustración, Pablo Pino
© EDITORIAL EVEREST, S. A.
Carretera León-La Coruña, km 5
ISBN: 978-84-441-4934-9
Depósito legal: LE. 802-2013
Printed in Spain - Impreso en España

EDITORIAL EVERGRÁFICAS, S. L.
Carretera León-La Coruña, km 5
LEÓN (España)
Atención al cliente: 902 123 400

A mi sobrino Andrés
Ana Galán

A Sergio, Gustavo y Meli
Pablo Pino

Lo que pasó hasta ahora...

En el pueblo de Samaradó están ocurriendo cosas muy extrañas. El dragón de Cale, Mondragó, se llevó un libro del castillo del alcalde Wickenburg. Era un libro muy especial, llamado Rídel, que podía hablar. Rídel les contó a Cale, Mayo, Casi y Arco que debían ir al Bosque de la Niebla porque un verdugo encapuchado estaba talando los árboles parlantes.

Cuando los cuatro amigos fueron al Bosque de la Niebla, vieron que, efectivamente, casi todos los árboles habían desaparecido y conocieron al Roble Robledo, un viejo árbol que les encomendó una misión: debían buscar seis semillas para plantarlas en el bosque en una noche de plenilunio y así recuperar los árboles parlantes.

Gracias a las pistas que les iba dando Rídel, encontraron la primera semilla en la secuoya, el árbol más alto de Samaradó, situado en la cima de la peligrosa Colina de

los Lobos, donde Mondragó estuvo a punto de terminar malherido cuando le atacó una jauría de lobos rabiosos.

La segunda semilla estaba en el laberinto del baobab, un entramado de túneles subterráneos que transporta el agua almacenada en el árbol para regar las cosechas. Dentro del laberinto, a Cale, Mayo y Arco los atacaron unas ratas rabiosas y tuvieron que enfrentarse cara a cara con Murda, el hijo del alcalde y su peor enemigo. Afortunadamente, lograron salir sanos y salvos y finalizar su misión.

Cuando se disponían a recuperar la tercera semilla, Cale descubrió que el mal-

vado de Murda y su primo Nidea habían raptado a Mondragó. Para recuperarlo, Arco tuvo que ponerse la armadura y enfrentarse al diabólico Nidea en una justa. La pelea fue intensa, pero Arco salió triunfante. Una vez a salvo, fueron a la cabaña de Curiel donde los perversos primos habían escondido a Mondragó. Muy cerca de allí, en el Lago Rojo, descubrieron que la siguiente semilla estaba en el banyán, un árbol protegido por cientos de pirañas hambrientas. Mayo tuvo que armarse de gran valor para

meterse en un improvisado barco y recuperarla.

A la mañana siguiente, Cale recibió un extraño mensaje de Curiel, el curandero que estaba encerrado en las mazmorras. Cale se disfrazó de niña para ir a verlo, pero Murda y su padre lo atraparon y lo encerraron en

las mazmorras con el débil anciano. Curiel le dio un mapa a Cale que envió con su paloma a sus amigos. Después Cale descubrió una trampilla en la celda por la que se escapó hasta llegar a las Cuevas Invernadero. Allí encontró a sus amigos y consiguieron no solo la cuarta semilla sino también unos misteriosos libros parlantes. Cuando pensaban que todo había salido bien, apareció el verdugo

con su dragón. Por suerte, Mondragó estornudó sobre unos montones de paja seca y provocó un incendio que ayudó a los chicos a escapar entre las llamas sin que el verdugo los viera.

¿Conseguirán los ciudadanos de Samaradó apagar el fuego antes de que se extienda al castillo de Wickenburg?

¿De dónde salieron esos libros parlantes?

¿Dónde estará la quinta semilla?

¿A qué nuevos retos tendrán que enfrentarse esta vez?

Descubre eso y mucho más en esta nueva aventura de Mondragó

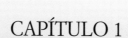

CAPÍTULO 1

Los secretos de los libros parlantes

En Samaradó, el sonido de las cornetas anunciando la llamada de emergencia se propagaba por el aire. Decenas de dragones de rescate volaban por el cielo cargando contenedores de agua para apagar el incendio de las Cuevas Invernadero.

Cale y sus amigos habían conseguido salir sanos y salvos de las llamas y escapar del diabólico verdugo y su peligroso dragón. Se dirigían al castillo de la familia Carmona para esconder los libros parlantes que habían encontrado en las cuevas. Cale había visto a sus padres y a su hermana volando en sus dragones en dirección al incendio y sabía que su castillo era un buen escondite.

Mondragó tiraba del mondramóvil cargado de libros mientras sus amigos sobrevolaban el camino por delante. Cale miró hacia atrás y a lo lejos vio una nube de humo negro que se elevaba hasta el cielo. Se preguntó si el fuego se habría extendido hasta el castillo de Wickenburg. Al fin y al cabo el pasadizo que encontró en las mazmorras comunicaba el castillo con las Cuevas Invernadero. ¿Estaría el curandero Curiel en peligro? ¿Y Murda y Wickenburg? ¿Se habrían extendido las llamas hasta la fortaleza del alcalde? A Cale no le caía bien Murda, era un chico cruel y malvado, pero no deseaba que le pasara nada malo.

Cuando por fin llegaron al castillo de Cale, los cuatro amigos metieron a sus dragones en las dragoneras y llenaron el bebedero de agua para que saciaran su sed. Sus fieles animales estaban agotados después de la gran carrera. Cale desató el mondramóvil y le dio unas palmaditas a Mondragó en el lomo. Estaba orgulloso de él. Era cierto que su dragón había sido el responsable del incendio, pero gracias a ese pequeño accidente les había salvado la vida una vez más. El dragón se tumbó en el suelo y dejó que su dueño le rascara la tripa. Cale se rió.

—Ahora quédate aquí con Flecha, Chico y Bruma y pórtate bien —ordenó Cale. Aunque no le gustaba alejarse de Mondragó, esperaba que con los otros dragones no corriera ningún peligro.

Arco y Cale empujaron el mondramóvil cargado de libros hasta la puerta del castillo.

—Cale, podrías dejarme algo de ropa —dijo Casi. Casi había salido muy temprano por la mañana al recibir la paloma mensajera de su amigo y desde entonces no había vuelto a su castillo. ¡Llevaba todo el día en pijama!

—Sí, claro —comentó Cale. Fue a su habitación y volvió con unos pantalones y una camisa. Casi se los puso. Como todavía no había dado el estirón, le iban muy largos—. ¡Bueno, es mejor que ir en pijama! —dijo remangándose el pantalón.

Los cuatro amigos empezaron a descargar los libros y a llevarlos a la biblioteca del padre de Cale. Allí había tantos que unos cuantos más pasarían desapercibidos. Fueron apilándolos en medio de la gran sala rodeada de estanterías de madera. A pesar de que cuando los descubrieron no paraban de hablar, ahora los libros parlantes no decían ni una palabra. Se mantenían cerrados, completamente en silencio.

Cuando por fin consiguieron llevar todos, Cale, Casi, Mayo y Arco se sentaron en el suelo de la biblioteca a observarlos. Había libros gruesos y finos, de tapas rojas, verdes, azules y amarillas. Algunos eran muy viejos y tenían las páginas amarillentas y otros, sin embargo, parecía que acababan de imprimirlos. Todos tenían títulos parecidos: *Los secretos de las setas, Los secretos del tiempo, El lenguaje secreto de los animales, Pasadizos secretos...*

—¿Os habéis fijado? —preguntó Cale—. Todos los libros hablan de secretos.

Cale cogió un libro de tapas verdes muy grueso con el dibujo de una seta roja en la portada. Lo abrió y en sus hojas amarillentas descubrió unas imágenes de hongos extraños que nunca había visto antes. El libro tembló en sus manos, carraspeó y empezó a hablar...

La ganoderma lucidum o reishi es el hongo de la inmortalidad que protege contra todo mal. Se encuentra en los troncos de los ciruelos viejos. Tiene muchos efectos terapéuticos. Da fuerza, longevidad y aumenta el apetito...

—Oye, esa seta suena muy bien, podíamos ir a buscar *reishis* en lugar de semillas —dijo Arco.

—¡ARCO! —exclamaron Cale, Casi y Mayo al unísono.

—Vale, vale, tranquilos —protestó Arco—. Era solo una idea…

Mayo hojeó otro libro. Hablaba de cómo se comunicaban los animales entre sí y trucos para entender su lenguaje. El que abrió Casi trataba de los fenómenos meteorológicos y cómo cambiar el tiempo.

—La información que hay en estos libros es muy valiosa —dijo Mayo.

A Cale le dio un escalofrío al oír las palabras de su amiga. Mayo tenía razón. Los libros contenían muchos secretos que podrían dar mucho poder y permitir que una persona cambiara y dominara la naturaleza.

—¿De dónde habrán salido? —se preguntó Cale en voz alta.

—¿Por qué no le preguntas a Rídel? —sugirió Casi.

—¡Buena idea!

Cale cogió el viejo libro. Las letras de la portada brillaban con fuerza y sintió el latido rítmico en sus manos. Lo abrió y en medio de la página apareció una imagen escalofriante: el brazo de un hombre con una túnica que talaba un árbol con el tronco muy blanco y unas muescas marrones. El tronco parecía retorcerse de dolor. Cale reconoció al hombre inmediatamente. Era el verdugo, el mismo que habían visto en las Cuevas Inverna-dero con su dragón diabólico. La imagen se desvaneció y un segundo más tarde, apareció otra del mis-mo hombre, de espal-das, leyendo un libro de tapas blancas con muescas marrones.

Rídel se aclaró la garganta y con una voz triste dijo:

Del árbol, la madera.
De la madera, el papel.
Del papel, los libros
que acabáis de leer.

Cale cerró el libro. No podía seguir viendo algo tan horrible. Los cuatro amigos se quedaron en silencio. El mensaje de Rídel era espeluznante. Ahora todo empezaba a tener sentido.

—El verdugo está convirtiendo los árboles parlantes en libros parlantes —dijo Cale.

—Y así consigue todos los secretos de los árboles —añadió Mayo preocupada.

—¿Y ahora qué hacemos? —preguntó Arco.

—Lo primero es esconder todos estos libros para que nadie pueda verlos —dijo Cale—. Después tenemos que ir a buscar la

quinta semilla. ¡Debemos salvar el Bosque de la Niebla! Debemos encontrar las dos que nos faltan antes del plenilunio y ya solo quedan dos días.

—A lo mejor Rídel nos da una pista de dónde puede estar —sugirió Casi.

Cale volvió a abrir a Rídel. La imagen del verdugo había desaparecido y ahora, en el centro de la página, vieron el dibujo de un tronco agrietado lleno de nudos retorcidos. Rídel habló una vez más.

En el árbol de la vida
la semilla está escondida.
En los nudos de su tronco
hay garras y corazones,
nudos con forma de ranas
o cabezas de dragones.

Cale observó con atención la imagen. Uno de los nudos tenía forma de cabeza de dragón, mientras que otro parecía la garra de un oso. Le recordó a las veces que se tumbaba en la hierba y se dedicaba a intentar imaginar formas en las nubes.

—¡Sé exactamente dónde está ese árbol! —exclamó Casi emocionado—. En el Parque del Tule. De pequeño mis padres me llevaban allí a jugar.

—¡Pues vamos! —dijo Arco deseando ponerse en camino. A Arco no le gustaba mucho leer y la idea de quedarse en el castillo toda la tarde entre libros le parecía aburridísima. Él quería más aventuras.

—Antes debemos esconder los libros —dijo Cale.

Se levantó y se subió a una de las escaleras de madera para llegar al estante más alto. Separó alguno de los libros y comprobó que había suficiente espacio por detrás para meter los libros parlantes.

—Pasadme los libros —dijo—. Los pondremos aquí.

Casi, Mayo y Arco hicieron una cadena para ir guardando los libros. Cuando apenas quedaban unos pocos, Casi miró por la ventana y, de pronto, vio la silueta de tres dragones que se acercaban por el cielo a toda velocidad.

—¡Viene alguien! —exclamó Casi—. ¡Rápido!

Los chicos aceleraron la marcha y consiguieron esconder todos los libros. Cale bajó corriendo por las escaleras y comprobó que estaban bien tapados. En ese momento recordó algo.

—¡Oh, no! —exclamó Cale—. ¡La semilla del arbopán! ¡Tengo que guardarla con las otras! Casi, ¿todavía la tienes?

Casi rebuscó en uno de sus canastos y se la dio.

—¡Ya casi están aquí! —gritó Arco mirando por la ventana—. ¡Date mucha prisa!

Cale se subió una vez más a la escalera para llegar al libro hueco donde había escondido las otras semillas. Lo abrió y la metió con las demás. Después dio un gran salto desde las escaleras y cayó en el suelo.

—¡Están a punto de aterrizar! —exclamó Mayo.

CAPÍTULO 2

Un nuevo misterio

Cale se acercó corriendo a la ventana.

—Son mis padres y mi hermana —dijo aliviado—. ¡Seguro que tienen noticias del incendio! ¡Vamos!

Escondió a Rídel debajo de su camisa y los cuatro amigos salieron por la gran puerta de madera del castillo para recibir a los recién llegados. Un momento más tarde, Kudo y Karma, los dragones de los padres de Cale, tomaban tierra seguidos de Pinka, la dragona de su hermana Nerea.

El padre de Cale no tenía muy buen aspecto. Tenía la cara y la ropa manchadas de hollín y tosía sin parar mientras se bajaba de su dragón y le daba una palmadita para que fuera a las dragoneras. La madre de Cale desmontó de Karma y fue corriendo a ayudarlo.

—Papá, ¿estás bien? ¿Qué ha pasado? —preguntó Cale.

El padre de Cale lo miró con una expresión de angustia en la cara.

—¡Un incendio espantoso! —dijo por fin—. Las Cuevas Invernadero eran como un horno y todavía no sabemos cómo, pero el fuego se extendió hasta el castillo de Wickenburg. Por suerte hemos conseguido apagarlo. —Le dio otro ataque de tos.

—¿Ha habido heridos? —preguntó Mayo.

—Creemos que no —contestó la madre de Cale—. Las cuevas estaban cerradas al público y, por suerte, Wickenburg y Murda no estaban en el castillo cuando empezó el fuego.

—¿Y Curiel? —preguntó Cale alarmado—. ¿Habéis ido a las mazmorras a verlo?

El padre de Cale no contestó inmediatamente. Miró preocupado a su mujer. Después miró hacia el suelo y negó con la cabeza.

—Curiel ha desaparecido —dijo por fin—. Lo buscamos por todas las mazmorras pero no estaba. Nadie se puede explicar cómo ha podido escapar.

Cale y sus amigos intercambiaron una mirada.

¿Curiel se había escapado? ¡Eso era imposible! Cale sabía muy bien que el viejo curandero estaba muy débil y enfermo y que tenía unos grilletes en los tobillos que le impedían moverse. Además la puerta de su celda estaba cerrada con llave.

—¿Y qué dijo Wickenburg de la desaparición de Curiel? —preguntó Cale.

—Él tampoco puede explicárselo. Dijo que el último en ver a Curiel había sido Murda. Sin embargo, no hemos podido hablar con Murda porque todavía no ha vuelto al castillo. Esperamos que en cuanto regrese pueda darnos una explicación —dijo el señor Carmona—. Ahora, perdonadme, tengo que lavarme y descansar un poco.

El señor Carmona dio un par de pasos y se tambaleó. Su hija Nerea fue rápidamente a ayudarlo y dejó que se apoyara en ella y pusiera su brazo por encima del hombro. Los dos pasaron al lado de los chicos, cruzaron la puerta del castillo y desaparecieron de la vista.

—¿Vosotros adónde ibais? —preguntó la señora Carmona antes de reunirse con su marido—. No quiero que os acerquéis a husmear al castillo de Wickenburg. El fuego está bajo control pero hay mucha gente intentando poner todo en orden.

—No te preocupes, mamá —dijo Cale—. Te prometo que no pasaremos ni de cerca. Estábamos pensando ir al Parque del Tule a merendar. ¿Quieres que me quede? —Cale estaba preocupado por su padre. Sabía que su familia estaba antes que cualquier misión.

—No, gracias, no hace falta, papá estará bien, solo necesita descansar —dijo la señora Carmona—, pero, por favor, no vuelvas tarde. Esta noche quiero que cenemos todos juntos.

—De acuerdo —dijo Cale—. Estaré de vuelta antes de que anochezca.

La madre de Cale se despidió de los chicos y Cale, Mayo, Casi y Arco fueron a las dragoneras a recoger sus dragones. En cuanto

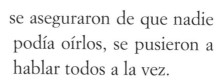

se aseguraron de que nadie podía oírlos, se pusieron a hablar todos a la vez.

—¡Curiel ha desapareci-do! —dijo Mayo.

—¡Todo esto suena muy raro! —dijo Casi—. ¿Cómo ha podido escaparse si estaba atado? Chicos, a mí me parece que Curiel no es tan inocente como pensábamos. Acordaos del hombre encapuchado que vimos en las cuevas. ¡Yo creo que era él! Creo que Curiel nos tendió una trampa.

—Sí —asintió Arco—. Casi tiene razón. Curiel es el verdugo y nos envió a las cuevas para tendernos una emboscada y acabar con nosotros porque sabemos demasiado.

Cale no dijo nada. Sus amigos tenían muy buenas razones para sospechar de Curiel, pero él lo había visto en las mazmorras, él le había mirado a los ojos cuando el anciano le aseguró que no era el que talaba los árboles, y Cale le creyó. Estaba convencido de que el curandero no estaba mintiendo y se negaba a aceptar que fuera el culpable. No podía ser. Tenía que haber una buena explicación. Pero ¿cuál? ¿Cómo un hombre tan débil pudo haber salido de las mazmorras sin que nadie lo viera? Y lo más extraño de todo, si efectivamente era él al que habían visto en las Cuevas Invernadero, ¿de dónde había sacado el dragón que lo acompañaba? Curiel era el único ciudadano de Samaradó que no tenía un dragón. Su única mascota era aquel pequeño hurón que bufaba y mordía a cualquiera que se acercara.

Cale pensó en los libros parlantes que acababan de esconder. Si no era Curiel, ¿quién estaba talando los árboles del Bosque de la Niebla para convertirlos en libros parlantes? Alguien más había descubierto la manera de conocer los secretos de la naturaleza. Alguien que ansiaba saber más que nadie. Cale pensó en la única persona que hubiera

deseado tener tanto poder. Movió la cabeza. No. Era mejor no comentar con sus amigos lo que se le acababa de ocurrir. Seguro que no le creerían y además, si estaba en lo cierto y el verdugo era quién él pensaba, todos en el pueblo correrían un grave peligro. Hasta que no encontrara más pruebas no podía arriesgarse a acusar a nadie.

—¿No os parece muy extraño que tanto Curiel como Murda hayan desaparecido? —preguntó Mayo.

—¡A lo mejor están compinchados! —exclamó Arco.

Cale no quería seguir oyendo cómo sus amigos divagaban y acusaban a un hombre del que él estaba seguro de que era inocente.

—Ya basta —les interrumpió Cale—. No tenemos ninguna prueba para acusarlo y seguir hablando no va a ayudar en nada. Ahora debemos concentrarnos en nuestra misión. Si no conseguimos las dos semillas que faltan, nunca lograremos recuperar los árboles parlantes.

—Pero ¿qué sentido tiene recuperar los árboles parlantes si el verdugo anda suelto y va a seguir podándolos para convertirlos en libros? —preguntó Mayo.

Cale no había pensado en eso. ¡Eran tantas las preguntas sin respuesta! La cabeza estaba a punto de explotarle.

—No lo sé —confesó Cale—. Pero no debemos distraernos. Consigamos las seis semillas y ya decidiremos más adelante qué hacer con ellas.

—Pues no se hable más. ¡Vamos! —dijo Arco subiéndose a su dragón Flecha y dándole un toque con los talones para que alzara el vuelo. Un segundo más tarde, salieron volando de las dragoneras—. ¡Os espero al otro lado del puente! —gritó.

Mondragó, al ver cómo se alejaba Flecha, salió corriendo detrás de él.

—¡Mondragó! ¡Espera! —exclamó Cale.

El dragón no le hizo caso. Estaba muy concentrado en perseguir a Flecha y no pensaba dejar que su amigo de juegos lo dejara atrás.

Casi se subió a Chico y Mayo a Bruma y ambos alzaron el vuelo.

Cale salió corriendo de las dragoneras, se acercó al mondramóvil que seguía aparcado delante del castillo y, a regañadientes, lo arrastró él solo hacia el puente que cruzaba un pequeño río y salía del castillo.

CAPÍTULO 3

De nuevo en camino

Arco, Casi y Mayo esperaron a Cale al otro lado del puente y le dieron tiempo para que recuperara el aliento y atara a Mondragó al mondramóvil. Cale se subió y agitó las riendas.

—¡Al Parque del Tule! —ordenó.

Con los tres dragones por el aire y Mondragó arrastrando el mondramóvil por el camino de tierra, los cuatro amigos atravesaron campos de cultivo y praderas llenas de árboles frutales. El sol de verano calentaba con fuerza. Por el cielo se veían los dragones de rescate que volvían a sus castillos con sus dueños. Los jinetes tenían el mismo aspecto cansado y sucio que el padre de Cale. Estaban agotados. A lo lejos, Cale distinguió al dragón bicéfalo de Antón que hacía un vuelo rasante sobre unos matorrales cerca de una arboleda. El dragonero parecía estar buscando algo o a alguien.

Mondragó también vio a Antón y, de pronto, se salió del camino y empezó a correr por la hierba en dirección a los matorrales.

—¡Quieto! —gritó Cale tirando de las riendas con fuerza—. ¿Adónde vas?

El dragón no obedeció. Siguió galopando por la gran pradera haciendo que el mondramóvil diera botes con las piedras y las raíces de los árboles. Cale se agarraba desesperadamente a las maderas para no caerse.

—¡Para! ¡HE DICHO QUE PARES! —gritó.

Antón, al oír los gritos del chico, levantó la vista y le dio un toque de talones a su dragón. El gran dragón bicéfalo aleteó con fuerza y se levantó en el aire.

Mondragó seguía corriendo desbocado para saludar al dragonero con el que había pasado tantos años en la dragonería antes de que se lo asignara a Cale.

Cuando llegó a los matorrales donde se encontraba Antón, Mondragó de pronto frenó en seco, haciendo que el mondramóvil se chocara contra su inmenso cuerpo y Cale saliera disparado por los aires.

—¡AAAAHHHHHHHHH! —gritó Cale mientras aterrizaba de cara en la hierba.

Casi, Arco y Mayo se acercaron volando con sus dragones a ver lo que estaba pasando.

Mondragó se quedó completamente quieto, con los ojos muy abiertos. Después se dio media vuelta ¡y se alejó galopando en dirección contraria!

—¡Mondragó! ¡Espera! —gritó Cale desde el suelo.

Pero Mondragó no esperó. Huía despavorido, como si algo lo hubiera asustado. Antón azotó su látigo para que su dragón saliera detrás de él. Cuando consiguió ponerse a su lado, el dragonero se puso de pie sobre la montura y se lanzó al aire para agarrar las riendas del dragón desbocado. El peso del dragonero detuvo la carrera de Mondragó. Mondragó intentó quitárselo de encima moviendo la cabeza de un lado a otro, pero Antón era muy fuerte y no se soltó. Forcejea-

ron durante un rato y, por fin, Mondragó se dio por vencido y se quedó quieto. Antón se acercó lentamente hasta su cuello y le acarició la cabeza para calmarlo.

—Tranquilo, tranquilo —le susurró.

Mondragó jadeaba y seguía nervioso. Antón lo agarró por el collar y, sin dejar de acariciarlo, lo llevó hasta donde estaban Cale y sus amigos.

—Cale, ¿Mondragó suele comportarse así? —preguntó el dragonero.

—No, nunca había hecho eso —dijo Cale—. Bueno, en realidad a veces se distrae y se dedica a perseguir ardillas o conejos…

—Vas a tener que entrenarlo mejor —dijo Antón mientras examinaba las orejas y la boca de Mondragó para asegurarse de que no tuviera ninguna infección—. No puedes permitir que se descontrole de esta manera.

Arco se acercó a ellos con algo en la mano.

—Creo que fue esto lo que le asustó —dijo. En su mano sujetaba una culebra que se

retorcía para intentar escapar. Arco la agarró por la punta de la cola, empezó a darle vueltas con la mano por encima de la cabeza y la lanzó volando hacia los matorrales.

Mondragó empezó a retroceder, como si quisiera huir una vez más. Pero Antón lo tenía bien agarrado.

—Vaya, vaya, así que el pequeño Mondragó tiene miedo a las culebras —dijo soltando una carcajada—. Tranquilo, muchacho, tú eres cien veces más grande y fuerte que esa culebra de campo. —Le pasó las riendas de Mondragó a Cale sin dejar de sonreír—. Toma. Si quieres, pásate un día por la dragonería y te daré algunos consejos para ayudarlo a vencer sus miedos.

—Lo haré —prometió Cale. Él no pensaba que su dragón se hubiera asustado con una simple culebra. Mondragó no tenía miedo a otros animales. Sin embargo, no quería perder más tiempo discutiendo con Antón. Debían seguir con su misión.

—Bueno, ¿y qué os trae por estos lugares? —preguntó Antón interrumpiendo sus pensamientos.

—Vamos a merendar al Parque del Tule —contestó Mayo.

—Ah, un buen lugar —dijo Antón—. A estas horas estará lleno de gente. Cale, procura mantener a tu dragón a raya para no atropelle a los niños pequeños. Bueno, muchachos, os dejo que tengo trabajo —dijo Antón subiéndose a su dragón bicéfalo—. Ah, y antes de que se me olvide, si veis a Murda, decidle que se ponga en contacto conmigo inmediatamente. ¡Adiós!

Antón azotó el látigo y su dragón salió volando en dirección a la dragonería. Muy pronto ambos se perdieron de vista en el cielo.

Cale se quedó mirando cómo se alejaban y después miró a Mondragó. Su dragón seguía inquieto, como si estuviera deseando alejarse de aquel lugar.

—Será mejor que vayamos andando contigo —ofreció Mayo—. Así controlaremos mejor a Mondragó.

—Buena idea —dijo Cale—. El Parque del Tule no está muy lejos. Espero que podamos encontrar pronto la semilla y volvamos a nuestros castillos a descansar. Este día está siendo larguísimo.

Los cuatro chicos con sus dragones se metieron una vez más en el camino que daba al Parque del Tule. Si no se encontraban con más imprevistos, llegarían en poco tiempo.

CAPÍTULO 4

El Parque de Tule

El sol empezaba a ponerse en el horizonte cuando Cale, Mayo, Arco y Casi divisaron a lo lejos el Parque del Tule. Cerca de la entrada había un recinto vallado donde la gente dejaba a sus dragones. Dentro, había dragones de todos los tamaños y colores. Muchos llevaban detrás de la montura unas pequeñas sillitas para niños.

Los cuatro amigos dejaron a sus dragones en el cercado y cruzaron la puerta de

madera que daba al parque. Tal y como les había dicho Antón, el sitio estaba abarrotado de gente. Se oían las risas de los niños que corrían de un lado, mientras grupos de padres los observaban orgullosos y hablaban entre sí. Unas niñas se dedicaban a hacer castillos de arena en un arenero. Otros jugaban a las justas montados en unos palos con cabeza de dragón. A la izquierda había una estructura gigantesca de madera con forma de castillo a la que trepaban otros niños. A lo lejos se encontraba el imponente árbol del tule. Su inmenso tronco estaba lleno de nudos que se retorcían formando extrañas figuras.

—¡Ahí está! ¡Vamos! —dijo Arco entusiasmado abriéndose paso entre las familias.

Cuando llegaron al árbol, había varias personas observándolo.

—¡Mira, mamá! —exclamó un niño pequeño señalando el tronco—. ¡Ahí se ve un corazón!

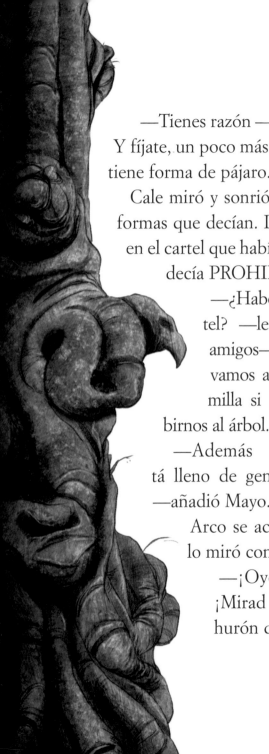

—Tienes razón —dijo la madre—. Y fíjate, un poco más arriba, ese nudo tiene forma de pájaro.

Cale miró y sonrió al distinguir las formas que decían. De pronto se fijó en el cartel que había en el suelo que decía PROHIBIDO TOCAR.

—¿Habéis visto ese cartel? —les susurró a sus amigos—. No sé cómo vamos a conseguir la semilla si no podemos subirnos al árbol.

—Además este sitio está lleno de gente y nos verían —añadió Mayo.

Arco se acercó al tronco y lo miró con curiosidad.

—¡Oye! —llamó—. ¡Mirad esto! ¡Parece un hurón de verdad!

Efectivamente, una de las formas del tronco tenía aspecto de hurón. Un hurón que miraba con cara de pocos amigos.

Arco acercó un dedo para tocarlo y, de pronto, la forma se movió y le mordió el dedo.

—¡AAAAYYYYY!! ¡AAAAAYYYY! —gritó Arco. El hurón lo tenía bien agarrado con sus dientes—. ¡AAAYYY!

Los niños pequeños al oír los gritos de Arco se asustaron y empezaron a chillar mientras sus padres los alejaban del árbol, con miedo a que hubiera más animales peligrosos.

Arco agitó la mano y por fin el hurón lo soltó. El animal se quedó en el tronco, bufó y trepó entre los nudos hasta la copa del árbol.

—¿Estás bien? —preguntó Casi acercándose a Arco que miraba con los ojos muy abiertos su dedo hinchado. Estaba sangrando. Casi rebuscó entre sus canastos y sacó unas tiras de tela para hacerle un vendaje a su amigo.

—¡Me ha mordido! —dijo Arco que seguía sorprendido del repentino ataque—. ¡Me ha mordido! —repitió.

Cale miró al hurón. El animal los observaba amenazadoramente desde el tronco. Sin quitarles la vista de encima, subió un poco más y se detuvo justo al lado de una pequeña bola blanca y muy brillante que parecía una perla.

—Mayo, ¿ves lo que estoy viendo? —dijo Cale señalando al hurón.

Su amiga se protegió los ojos con la mano y miró hacia arriba.

—¡La semilla! —susurró.

—Sí y ese hurón... ¿no te suena? —preguntó Cale.

Mayo intercambió una mirada con Cale. ¡Por supuesto que le sonaba! ¡Era el hurón de Curiel!

—¿Cómo habrá llegado hasta aquí? —preguntó.

—No lo sé, pero estoy convencido de que no es una casualidad —contestó Cale.

Arco ya se había recuperado del susto. Con la mano vendada, se acercó a Mayo y Cale con Casi detrás.

—Hemos encontrado la semilla —susurró Cale para que nadie los oyera—. No miréis ahora, pero el hurón se ha parado justo encima de ella y nos está mirando.

En cuanto dijo eso, Arco miró.

—¡Es verdad! —gritó—. ¡Allí está! ¡Se va a enterar ese hurón rabioso! —dijo sacando su tirachinas y apuntando al animal.

—¡No, Arco! —exclamó Cale bajándole el brazo a su amigo antes de que disparara—. Nos está mirando todo el mundo.

Arco miró a su alrededor. Efectivamente, los niños pequeños lo observaban asustados mientras sus padres intentaban protegerlos.

—¿Entonces qué hacemos? —preguntó Casi.

Cale se quedó pensando. Era imposible recuperar la semilla delante de todo el mundo. Tenían que esperar a que se fuera la gente.

—Volveremos por la noche, cuando no haya nadie —decidió.

—¿Por la noche? —repitió Casi—. ¡Pero a mí no me dejan salir por la noche!

—Pues nos escaparemos —dijo Cale—. Es la única manera. Lo mejor será que ahora volvamos a nuestros castillos y, en cuanto nuestros padres se metan en la cama, nos enviamos una paloma mensajera y nos encontramos en la entrada del parque.

—Yo… no sé… —dudó Casi—. Si me pillan mis padres, me la voy a ganar…

—¡Pues yo no me lo pierdo! —contestó Arco—. Yo no tengo hora de volver al castillo, así que me apunto.

—¿Y tú, Mayo? —le preguntó Cale a su amiga.

Mayo dudó. Sus padres tampoco le ponían hora de llegar. Sabían que era una chica muy responsable, pero salir por la noche, sabiendo que el verdugo andaba suelto no le hacía ninguna gracia. Sin embargo, sabía que debían terminar su misión. Ya estaban muy cerca. Se estiró y sonrió.

—Yo también me apunto.

Cale, Arco y Mayo miraron a Casi.

—Casi, si no puedes venir, no te preocupes. Ya te contaremos mañana lo que ha pasado —dijo Cale poniéndole la mano en el hombro.

Casi empezó a andar de un lado a otro. Siempre hacía eso cuando se ponía nervioso. ¿Cómo iba a dejar a sus amigos ahora? ¿Pero qué pasaría si lo pillaban sus padres? ¡Seguro que le caería un buen castigo! Por fin, se detuvo y tomó una decisión:

—¡Ni hablar! ¡Estaremos todos! ¡Aunque me la juegue!

—Entonces no se hable más —dijo Cale—. Cuando mis padres se acuesten, os enviaré mi paloma mensajera y vosotros hacéis lo mismo. ¿De acuerdo?

—De acuerdo —contestaron sus amigos.

Cale puso la mano derecha en el centro. Mayo puso la suya encima, después Casi y por último Arco, con su dedo vendado.

—¡Por el Bosque de la Niebla! —dijo Cale.

—¡Por el Bosque de la Niebla! —repitieron sus amigos.

En ese momento se acercó al grupo una señora que llevaba un bebé en sus brazos.

—¿Son esos vuestros dragones? —preguntó señalando a las dragoneras—. Creo que deberíais sacarlos de aquí antes de que causen algún daño.

Cale miró al recinto donde habían dejado los dragones. Al ver lo que pasaba se llevó

la mano a la frente. ¡Mondragó! El juguetón dragón estaba persiguiendo a Flecha que saltaba por encima de los otros dragones y corría de un lado a otro en el recinto vallado. El resto de los dragones intentaba apartarse, pero algunos se habían quedado engancha- dos con sus riendas mientras que otros se apelotonaban en el centro, intentando evitar los golpes del mondramóvil que arrastraba Mondragó.

—¡Mondragó! —gritó Cale saliendo del parque a toda velocidad.

—¡Flecha! —exclamó Arco que salió de- trás de su amigo.

Cale y Arco consiguieron detener a sus dragones y sacarlos de las dragoneras ante las miradas de desaprobación de los adultos. Casi se subió a Chico, Mayo a Bruma, Arco a Flecha y Cale se montó en el mondramóvil y agitó las riendas para ponerse en camino.

—Nos vemos esta noche —les recordó Cale.

Con el escándalo, no se dieron cuenta de que alguien más les había estado observando. Alguien que se había enterado de sus planes y pensaba adelantarse.

CAPÍTULO 5

Se busca, vivo o muerto

Cale se separó de sus amigos y salió por el camino que llevaba a su castillo. El sol ya se había escondido detrás de las montañas y empezaba a anochecer. Mientras Mondragó tiraba del mondramóvil y Cale lo dirigía con las riendas procurando que no se descontrolara, el chico iba pensando en el plan que acababa de trazar. Sonrió orgulloso. ¡Era un plan perfecto!

Cruzó el puente que daba a su castillo y vio el humo blanco que salía de una de las

chimeneas. ¡La cena debía de estar ya lista!
En ese momento se dio cuenta del hambre
que tenía. ¡No había comido en todo el día!
Agitó las riendas con fuerza para que Mondragó aligerara la marcha.

Cuando apenas le quedaban unos metros
para llegar, vio que dos dragones inmensos
salían volando de su castillo. Eran imponen-
tes y oscuros como la noche. Uno de ellos
lanzaba grandes llamaradas al aire por la
nariz y en el otro iba montado un hombre
con una túnica que azotaba a su dragón
con el látigo para que volara más rápido.
¡Wickenburg!

Los dragones pasaron por encima de él a toda velocidad y se perdieron en la distancia.

«¿Qué hacía el alcalde en mi castillo?», se preguntó Cale.

Cale llegó a las dragoneras, desató a Mondragó del mondramóvil y lo metió en su establo. En los establos de al lado descansaban Karma, Kudo y Pinka, los dragones de sus padres y de su hermana.

—Mondragó, espérame aquí y descansa, que pronto tendremos que salir otra vez —le dijo Cale mientras salía de las dragoneras. Corrió hasta la puerta de su castillo y, al abrirla, lo recibió el delicioso aroma de guiso de carne y pan recién horneado.

—¡Ya estoy aquí! —gritó.

—Estamos en el comedor —contestó su madre.

Cale entró en la gran habitación. En la chimenea ardían unos troncos y en el centro de la sala estaba la gran mesa de madera. Su hermana ya estaba sentada a la mesa y su madre servía el humeante guiso en los platos. En la cabecera se encontraba su padre sentado en una silla de respaldo alto. Entre sus manos sujetaba un cartel y lo miraba preocupado mientras negaba con la cabeza.

—¿Qué es eso? —preguntó Cale mientras se sentaba en su sitio de siempre y se llevaba la primera cucharada a la boca—. ¿Qué hacía aquí el alcalde?

El señor Carmona giró el cartel para mostrárselo a Cale.

Cale se quedó boquiabierto al verlo. ¡El alcalde había puesto precio a la cabeza de Curiel!

—Wickenburg acaba de imprimir cientos de carteles como este en su imprenta —explicó el padre de Cale seriamente—. Piensa ponerlos por todo Samaradó. Está convencido de que Curiel ha raptado a su hijo y no piensa descansar hasta encontrarlo.

—¿Qué? ¡Eso no tiene ningún sentido! —exclamó Cale—. ¿Por qué iba a raptar Curiel a Murda?

—No lo sé, Cale —contestó su padre—. Nadie puede explicarse por qué ambos han desaparecido. Wickenburg está fuera de sí. Para mañana al amanecer ha organizado una expedición de búsqueda y captura y saldrá con una docena de hombres y mujeres armados hasta los dientes para rastrear hasta el último rincón del pueblo. Antón también irá con sus dragones rastreadores para que sigan las pistas.

Cale dejó la cuchara en el plato. No podía seguir comiendo.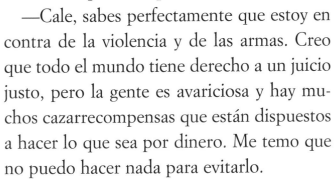

—¿Wickenburg piensa cazar a Curiel como si fuera un animal? —dijo—. ¡Eso no está bien! ¡Tienes que impedir que lo maten! ¿O es que tú también crees que es culpable?

—Cale, sabes perfectamente que estoy en contra de la violencia y de las armas. Creo que todo el mundo tiene derecho a un juicio justo, pero la gente es avariciosa y hay muchos cazarrecompensas que están dispuestos a hacer lo que sea por dinero. Me temo que no puedo hacer nada para evitarlo.

—¡Claro que puedes! ¡Lo que no puedes hacer es quedarte ahí sentado con los brazos cruzados! —protestó Cale—. ¡Wickenburg va a matar a un hombre inocente!

Cale sabía que Curiel era inocente. La última vez que lo vio, el anciano no tenía ni fuerzas para ponerse de pie. ¿Cómo iba a raptar a un chico fuerte como Murda? ¡No tenía ningún sentido! Pero ¿cómo podía demostrar su inocencia? ¡No podía contarles a sus padres que lo había visto en las mazmorras del castillo! Cale se apoyó en el respaldo de su silla. Las cosas se estaban complicando demasiado.

—Cale, cálmate y no levantes la voz —dijo su madre—. Tu padre y yo también vamos a ir mañana, aunque solo sea para asegurarnos de que nadie salga malherido.

—¿Cómo voy a calmarme? —siguió protestando Cale—. En nuestro pueblo jamás ha pasado algo así. ¡La gente no va por ahí cazando personas! ¡No está bien!

El padre de Cale se levantó de su silla, enrolló el cartel y miró a su hijo.

—Estoy de acuerdo contigo, hijo —confesó—. Y te prometo que haré todo lo que esté en mi mano para impedir que corra la sangre. Pero, en estos momentos, lo único que puedo hacer es descansar. Mañana será un día muy largo. Buenas noches —dijo. Salió del comedor y subió las escaleras a su habitación.

La señora Carmona también se levantó.

—Cale, Nerea, por favor, recoged la mesa —dijo siguiendo a su marido.

—No te preocupes —dijo Nerea.

Las pisadas de sus padres se oían en el piso de arriba, seguidas del ruido de una puerta al cerrarse. Cale se levantó e hizo una pila con todos los platos y vasos que había en la mesa. Después los levantó para llevarlos a la cocina, pero con los nervios le temblaba el pulso y, de pronto, se le cayeron al suelo.

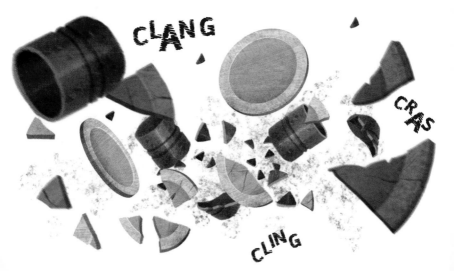

—¡Huy! —dijo Cale agachándose a recoger los trozos rotos. Al levantarse una vez más, se chocó con Nerea que llevaba la olla humeante y el guiso le cayó encima de la ropa.

—¡AY! —gritó Cale—. ¡Está ardiendo!

—¡Cale! ¡Eres un desastre! —protestó Nerea—. Anda, vete de aquí a cambiarte antes de que lo rompas todo.

«¡Perfecto!», pensó Cale. No quería perder el tiempo fregando platos. ¡Y además tenía que contarles a sus amigos lo que estaba pasando!

—¿Seguro que no quieres que te ayude? —preguntó Cale chorreando salsa y trozos de carne guisada en la ropa.

—¿Ayudar? —se burló Nerea—. ¿A esto lo llamas ayudar? Lo mejor que puedes hacer para ayudar es salir de aquí.

—Bueno, como quieras —dijo Cale—. Luego no digas que no me he ofrecido. —Se dio media vuelta y subió de tres en tres las escaleras que daban a su habitación. Su paloma mensajera dormía tranquilamente en la jaula. Cale se acercó corriendo a su escritorio, mojó la pluma en el tintero y escribió un mensaje a sus amigos:

¡Malas noticias!
¡Rápido, al parque!

Después enrolló el trocito de pergamino, lo metió en la funda de cuero que tenía la paloma en la pata y la acercó a la ventana.

—¡Al castillo de Casi! —ordenó.

Una vez que se aseguró de que la paloma salía volando, se cambió de ropa, cogió una bolsa y miró alrededor de la habitación a ver si debía llevarse algo, pero no encontró nada que le fuera a resultar útil. Decidió que esta vez no se llevaría a Rídel. El libro ya les había dicho donde estaba la siguiente semilla y ya no le serviría de mucha más ayuda por hoy. Lo guardó debajo del colchón de su cama. Después bajó las escaleras sigilosamente, abrió la puerta de su castillo y fue a las dragoneras a buscar a Mondragó.

Lo que no sabía es que allí le esperaba una sorpresa…

CAPÍTULO 6

Una visita inesperada

Cuando Cale entró en las dragoneras, se encontró a Mondragó tumbado boca arriba en la paja, roncando como un oso. Los dragones de sus padres y de su hermana también dormían en los establos de al lado.

Se acercó a Mondragó y empezó a zarandearlo.

—Vamos, levántate —susurró—. Tenemos que ponernos en camino.

Mondragó se dio media vuelta y siguió roncando.

«¡Tengo que despertarle como sea!», pensó Cale. Cogió un cubo vacío y se acercó al bebedero para llenarlo. Seguro que si le tiraba un poco de agua en la cara se despertaría. Cale metió el cubo en el bebedero y, de pronto, notó unos pasos que se acercaban por detrás. Antes de que pudiera reaccionar y darse la vuelta, una mano le tapó la boca.

—Hmmm hmmmm —Cale forcejeó para intentar liberarse y ver a la persona que lo tenía atrapado. Pero la mano no lo soltó.

Sintió sus dedos huesudos que apretaban con más fuerza.

Cale intentó inútilmente dar patadas hacia atrás. Intentó soltar la mano con sus dedos. Pero la mano apretaba como si fuera un puño de hierro. ¡Apenas le dejaba respirar! ¡Tenía que soltarse! Levantó la mano derecha para tomar impulso y después pegó un codazo con todas sus fuerzas hacia atrás, dándole a su adversario en el estómago. Inmediatamente la mano lo soltó y se oyó un gemido. Cale dio tres pasos para alejarse, tosiendo sin parar. Al darse la vuelta para ver quién lo había atacado, se quedó helado.

—¡Curiel! —exclamó Cale sorprendido.

Delante de él, bajo la débil luz de la luna que se colaba por la pequeña ventana de las dragoneras, vio al anciano vestido con su túnica andrajosa que dejaba ver sus piernas delgadas. Por debajo de la capucha asomaba su rostro huesudo y arrugado. El curandero miraba a Cale con una expresión cansada.

Curiel se llevó un dedo a la boca para pedirle a Cale que no hablara.

—¿Qu-qué quieres? —balbuceó Cale—. ¿Qué haces aquí? —preguntó ignorando los gestos del curandero para que no hiciera ruido.

Cale estaba asustado. Si Curiel era inocente, ¿por qué había aparecido en las dragoneras de esta manera tan sigilosa y lo había atacado?

En ese momento recordó las palabras de su padre: «Wickenburg está convencido de que Curiel ha raptado a Murda». Un escalofrío le recorrió la espalda. ¿Estaría también Murda escondido en algún lugar en las dragoneras? Cale miró de un lado a otro. Los dragones de sus padres y de su hermana se habían despertado con la conmoción y miraban inquietos la escena. ¡Mondragó seguía roncando! Cale echó un vistazo a la puerta que daba a la sala de aperos, donde guardaban los arneses, las riendas y las sillas de montar. Allí no parecía haber nadie. Después miró de reojo al altillo donde almacenaban el pienso y la paja. Sí, Murda podía estar allí escondido.

—¿Dónde está Murda? —le preguntó Cale a Curiel.

Curiel se acercó un par de pasos. Levantó ambas manos y las bajó un par de veces para pedirle a Cale que se calmara. Pero Cale no podía calmarse. El corazón le iba a mil por hora.

—¡No te acerques más! —amenazó Cale. Miró al suelo buscando algo con qué protegerse. Vio el cubo que había llenado de agua, lo cogió y lo levantó sobre su cabeza, amenazando a Curiel con golpearle.

Curiel se quedó quieto y volvió a levantar las manos. El anciano era mudo y no podía contestar a las preguntas de Cale.

—¡Te lo advierto! —amenazó Cale—. Un paso más y te tragas el cubo.

El anciano se quedó observándolo con las manos en alto. Cale siguió haciendo más preguntas.

—¿Has raptado tú a Murda?

Curiel negó con la cabeza y una pequeña sonrisa se esbozó en su arrugada cara, dejando al descubierto sus encías desdentadas.

—Entonces ¿dónde está? ¿Qué haces aquí?

Curiel le hizo un gesto a Cale para que esperara. Después se llevó el dedo pulgar y el índice de la mano a la boca y soltó un pequeño silbido.

Cale le miraba con curiosidad sin dejar de amenazarle con el cubo.

De pronto, entre la paja pareció moverse algo. Un pequeño animal atravesó el pasillo donde se encontraban y trepó por la túnica de Curiel hasta llegar a su brazo. ¡Era su hurón! Cale se fijó que llevaba una pequeña esfera blanca y brillante en la boca. Curiel acarició la cabeza de su hurón, puso la mano delante de la boca y el animal le entregó la pequeña esfera blanca. La bola brilló con fuerza, iluminando la cara del anciano.

Cale los miraba con los ojos muy abiertos. Sabía exactamente lo que era. ¡La semilla del tule! El hurón la había cogido del árbol para llevársela a su dueño. Pero ¿por qué? ¿Estaría Curiel intentando encontrar las semillas?

Para la sorpresa de Cale, Curiel estiró la mano hacia él y le ofreció la semilla. El chico lo miró indeciso. No se atrevía a cogerla por miedo a que fuera una trampa. Curiel insistió mostrando cuatro dedos con la otra mano y señalando después la semilla.

«Lo sabe», pensó Cale observando al curandero con curiosidad. «Sabe que estamos buscando las semillas y que esta es la quinta. ¿Pero por qué quiere dármela?».

—Es la semilla del tule, ¿verdad? —preguntó Cale.

Curiel asintió con la cabeza y se la ofreció de nuevo.

Cale estiró la mano con inseguridad y Curiel le dio la semilla. La esfera blanca estaba muy caliente y brillaba con fuerza. Cale la observó admirado. Después volvió a mirar a Curiel y, antes de que se arrepintiera, la guardó en su bolsa.

—¿Cómo conseguiste escapar de las mazmorras? —preguntó Cale un poco más tranquilo mientras dejaba el cubo en el suelo. Estaba claro que Curiel no suponía ninguna amenaza.

Curiel sonrió una vez más. Volvió a acariciar la cabeza de su hurón que se había subido a su hombro y después metió la mano por debajo de su túnica para buscar algo. Al sacar la mano tenía el anillo de llaves de las mazmorras.

—¡Tu hurón le quitó las llaves a Murda! —exclamó Cale, aliviado de haber podido resolver el misterio que tanto le había preocupado. ¡Curiel no había raptado a Murda! ¡Le había robado las llaves para escaparse! Cale respiró con fuerza. Curiel era inocente. ¡Lo sabía! En ese momento se acordó de que a la mañana siguiente, Wickenburg iba a salir a

rastrear todo el pueblo para darle caza. Observó al curandero. Tenía mejor aspecto que cuando lo vio en las mazmorras, pero seguía pareciendo un anciano débil y enfermo. Miró sus pies desnudos. En los tobillos tenía las heridas que le habían dejado los grilletes.

Cale se sentó en el suelo y el curandero hizo lo mismo.

—¿Sabes dónde está Murda ahora? —preguntó Cale.

Curiel se encogió de hombros.

—Wickenburg piensa que lo has raptado tú y ha puesto precio a tu cabeza —le explicó Cale—. Mañana por la mañana saldrán a buscarte.

Curiel miró a Cale seriamente y empezó a hacer gestos con la mano. Sin embargo, al igual que había pasado cuando le vio en las mazmorras, Cale era incapaz de descifrar su mensaje.

—Curiel, no te entiendo —dijo—. Creo que lo mejor será que vaya a mi castillo y traiga una pluma y un pergamino para que puedas escribir y así me cuentas todo, ¿vale? Te prometo que no le diré a nadie que estás aquí.

El anciano dudó durante un momento y después asintió.

Cale se disponía a levantarse cuando, de pronto, algo entró volando a toda velocidad por la pequeña ventana de las dragoneras y se estrelló contra la pared, justo por encima de la cabeza de Cale.

¡PLAF!

—¡Cuidado! —gritó Cale lanzándose hacia Curiel para protegerle. Ambos se quedaron tumbados en el suelo. Si era una flecha, se habían librado por los pelos.

Cale miró por encima del hombro a ver qué les había atacado. En el suelo vio un bulto que se movía. Era un pájaro. El animal rodó y se puso de pie. Después estiró las alas y se tambaleó.

—¡Es la paloma de Arco! —dijo Cale acercándose al animal. La paloma de su amigo Arco era tan torpe con sus aterrizajes como su dueño. Cale la cogió en sus brazos y vio que en la funda de cuero de su pata llevaba un mensaje. Lo abrió y lo leyó en voz alta:

Voy al parque.

—¡Oh, no! —exclamó Cale—. ¡Mis amigos ya están de camino al parque! ¡Tengo que ir a avisarlos!

Al oírlo, Curiel se levantó y se acercó a Cale. Parecía muy nervioso. Agarró a Cale por los hombros y empezó a negar con la cabeza.

—¿Qué ocurre? —preguntó Cale.

Curiel seguía moviendo la cabeza. Soltó los hombros de Cale y con ambas manos formó la letra L y después cruzó los dedos pulgares. Cale observó el gesto del anciano, pero no era capaz de entenderlo.

—¿Qué quiere decir eso?

Curiel mantuvo el gesto de sus manos y se las acercó a Cale a la cara.

—Curiel, lo siento, aunque me pegues las manos en la nariz, sigo sin entenderte —dijo Cale—. Mira, cuando vuelva, encontraremos la manera de comunicarnos, pero ahora debo salir cuanto antes a avisar a mis amigos.

Cale se acercó a Mondragó que por fin se había despertado al oír el golpe de la paloma y miraba a su dueño con cara de sueño.

—Vamos, Mondragó —dijo Cale poniéndole las riendas del mondramóvil—. Tenemos que ponernos en camino.

Mondragó se puso de pie lentamente y se estiró. Cale acercó el mondramóvil hasta

su establo para atar el arnés al lomo de su dragón.

Curiel le tiró de la Camisa a Cale para que lo mirara. Quería decirle algo. Algo importante. Pero Cale pensaba que fuera lo que fuera, debía esperar.

Cale abrió las puertas de las dragoneras con mucho cuidado para no hacer ruido y sacó el mondramóvil. Después se giró y antes de cerrarlas, le dijo a Curiel:

—Escóndete en el altillo del pienso y espérame allí. No tardaré —dijo.

Curiel seguía haciendo gestos, le pedía a Cale que no fuera. Pero Cale estaba decidido. Sus amigos eran lo primero.

Sin más, volvió a cerrar las puertas, se subió al mondramóvil, agitó las riendas y Mondragó se puso en camino hacia el Parque del Tule.

Muy pronto se arrepentiría de no haber escuchado el consejo del curandero.

CAPÍTULO 7

Una emboscada

Cale y Mondragó cruzaron el puente de piedra que daba al camino principal. En ese momento Cale vio una paloma mensajera blanca que se dirigía a toda velocidad hacia su castillo.

«Es la paloma de Mayo —pensó Cale—. Seguro que está a punto de llegar al parque. Tengo que darme prisa». Agitó las riendas con fuerza y puso a Mondragó al galope. Bajo la débil luz de la luna, avanzaron a toda velocidad. El crujir de las ruedas de madera

del mondramóvil y los pasos de Mondragó eran los únicos ruidos que rompían el silencio de la noche.

Cale estaba deseando contarles a sus amigos lo que había pasado. ¡Ya tenía la quinta semilla y Curiel era inocente! Al día siguiente podrían terminar su misión.

A lo lejos divisó la entrada al Parque del Tule. En el recinto vallado estaba Flecha, el dragón de su amigo Arco.

Cale agitó de nuevo las riendas y llevó a Mondragó hasta allí. Dejó a su dragón con Flecha y se fue corriendo hasta el parque.

El lugar ahora estaba vacío y completamente en silencio. Las ramas del gran árbol del tule se extendían hacia el cielo creando unas sombras siniestras.

Cale distinguió la silueta de su amigo Arco al lado del árbol.

—¡Arco! —llamó mientras se acercaba a él—. ¡Ya estoy aquí!

Arco se giró y miró a su amigo con cara de preocupación.

—¿Qué ocurre? —preguntó Cale al llegar.

—Mira —dijo Arco señalando el árbol—. Alguien ha destrozado el árbol.

Cale miró el árbol del tule y se quedó sin respiración. Efectivamente, alguien había cortado los nudos del árbol con un hacha.

Había astillas por todas partes y trozos de corteza recién cortada. El tronco estaba completamente dañado hasta la altura de sus cabezas. En el suelo, junto a los trozos de madera, a Cale le pareció ver algo metálico que brillaba.

—¿Qué es eso? —dijo señalando.

Arco se acercó y lo cogió.

—¡Es el hacha que han usado para cortar el árbol! —exclamó mostrándosela a Cale.

—¡Suéltala! —gritó Cale.

—¿Por qué? Es una prueba —dijo Arco estudiando el arma detenidamente para ver si tenía alguna muesca o las iniciales de su dueño.

—Precisamente por eso —dijo Cale arrebatándole el hacha de las manos a su amigo y lanzándola lejos.

Arco estaba a punto de protestar cuando, de pronto, oyeron un rugido aterrador y una voz detrás de ellos.

—Vaya, vaya, mira a quién tenemos aquí.

Cale y Arco se giraron y se encontraron
cara a cara con Murda, el diabólico hijo del
alcalde Wickenburg. A su lado, su sanguinario dragón se arrastraba por el suelo y lanzaba fuego por la nariz amenazante.

Murda avanzaba hacia ellos haciendo girar una cadena que terminaba en una bola de hierro con pinchos mientras su dragón volvía a rugir con fuerza.

Cale y Arco retrocedieron muertos de miedo, hasta que sus espaldas chocaron contra el tronco del árbol. ¡Estaban atrapados!

—Ya va siendo hora de que pongamos fin a esta historia —amenazó Murda— y de que dejéis de meter las narices donde nadie os llama.

—Murda… —empezó a decir Cale.

—¡Silencio! —espetó Murda—. ¡Cuando quiera que hables te lo diré! ¡Ahora, moveos!

Murda llevó a Cale y a Arco hasta la estructura de madera con forma de castillo donde hacía unas horas trepaban y jugaban los niños pequeños. Cale y Arco lo miraban asustados. Murda era capaz de hacer cualquier cosa, sobre todo ahora que no lo veía nadie.

—¡Daos la vuelta y subid las manos! —ordenó Murda cuando llegaron al castillo de madera.

Cale y Arco obedecieron.

Murda se acercó a su dragón y sacó un rollo de cuerda que llevaba colgado en la montura. Después se acercó a los chicos y les ató las muñecas a uno de los postes de madera.

—Murda, ¿qué quieres? —preguntó Cale—. Desátanos y hablemos como personas civilizadas. Si nos haces daño, pronto se enterarán todos y te castigarán.

—JA JA JA —se rió Murda—. ¿Es que te crees que soy tan tonto, Calecito? ¡Yo no pienso mancharme las manos! ¡Alguien más se encargará de castigaros! ¡Uno de los vuestros!

Cale intercambió una mirada con Arco. ¿Qué había querido decir con uno de los suyos? ¿Y dónde estaban Mayo y Casi? ¿Los habría atrapado también? ¿Iba a obligarlos a hacer algo que no querían?

CAPÍTULO 8

¡Acusados!

Murda muy pronto respondió a sus dudas. Volvió a buscar en las alforjas de su dragón y sacó una corneta hecha con el cuerno de un animal. Se llevó el instrumento a la boca y sopló con todas sus fuerzas.

TUTURÍ TUTURÍ

¡Era una llamada de urgencia! ¡Murda estaba llamando a los miembros del Comité! ¿Es que se había vuelto loco? Cale empezó a temblar. Si su padre descubría que había salido por la noche no se lo perdonaría nunca. ¡Iba a castigarlo el resto del verano!

Unos segundos más tarde, otra corneta contestó su llamada en la distancia. Después otra más.

—¿Qué haces? —preguntó Cale—. ¿Para qué llamas al Comité?

—Muy pronto lo averiguaréis —contestó Murda observando a los chicos con una expresión de crueldad en la cara.

Murda se alejó unos pasos y se sentó en un banco a esperar. Su dragón lo siguió y se tumbó a su lado.

Cale intentó mover las manos, pero la soga estaba muy apretada y cuanto más las movía más se tensaba el nudo.

—Es inútil. Yo ya lo he intentado —susurró Arco—. ¿Cómo sabía Murda que estábamos aquí? ¿Qué vamos a decir cuando lleguen?

—No lo sé —admitió Cale. Pensó en Curiel y por un momento le entró una duda en la cabeza. ¿Habría avisado Curiel a Murda de que iban a ir al Parque del Tule? ¿Les habría tendido una trampa? ¡No! ¡Curiel era inocente! ¡Le había dado la semilla! A lo mejor era eso de lo que intentaba avisarlo cuando Cale salió de las dragoneras.

Al cabo de lo que les pareció una eternidad, las siluetas de varios dragones se dibujaron en el cielo oscuro de la noche. El primero en llegar fue Wickenburg con sus dos dragones asesinos. Unos segundos más tarde aterrizó Antón, montado en su dragón bicéfalo y, detrás de él, el padre de Cale seguido de la madre de Casi. El único miembro del Comité que no había llegado era el herrero, pero el hombre estaba medio sordo de dar tantos martillazos en la forja y a esas horas seguro que estaba durmiendo y no había oído la llamada.

—¡Murda! —gritó el alcalde bajándose rápidamente de su dragón y acercándose a su hijo—. ¿Dónde te habías metido? ¿Estás bien?

Murda se levantó para recibir a los recién llegados con una sonrisa cruel en la cara. Se acercó a su padre y le dijo algo al oído. Cuando terminó, Wickenburg miró a los chicos con un brillo perverso en los ojos.

—Sí, padre, estoy perfectamente —dijo Murda en voz alta para que le oyeran todos—. Tengo algo que enseñaros.

—¿Qué sucede? ¿A qué se debe la llamada de urgencia? —preguntó Antón desmontando de su dragón. Miró a los dos chicos atados al poste y se acercó dando grandes zancadas a cortar la soga con el cuchillo que llevaba en su cincho—. ¿Por qué están atados Cale y Arco?

—¡Cale! ¡Arco! —exclamó el padre de Cale corriendo hacia su hijo y su amigo—. ¿Qué ha pasado?

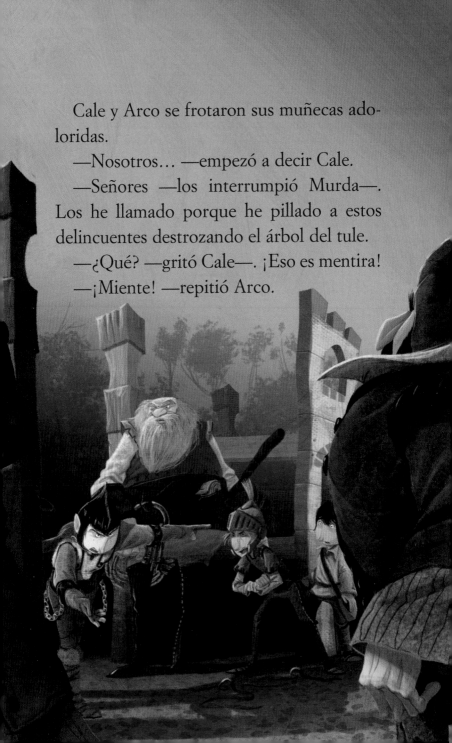

Cale y Arco se frotaron sus muñecas ado-
loridas.

—Nosotros… —empezó a decir Cale.

—Señores —los interrumpió Murda—.
Los he llamado porque he pillado a estos
delincuentes destrozando el árbol del tule.

—¿Qué? —gritó Cale—. ¡Eso es mentira!

—¡Miente! —repitió Arco.

—¿Miento? —se burló Murda—. A las pruebas me remito. Ahí está el árbol y un poco más lejos, el arma del delito con las huellas de Arco y de Cale. Pueden comprobarlo con sus propios ojos. Yo estaba en la zona y oí unos hachazos. Cuando me acerqué los vi destrozándolo. ¡Merecen un castigo!

Todos se quedaron callados sin entender muy bien lo que estaba pasando. Antón se acercó a inspeccionar el árbol, seguido del alcalde. Wickenburg cogió el hacha con las mangas de su túnica para no dejar huellas y la observó.

—¡Qué demonios! —exclamó el dragonero—. ¡Esto es horrible!

El padre de Cale miró a su hijo con una expresión dura en la cara.

—Cale, nos debes una explicación ahora mismo —dijo—. No solo te has escapado del castillo por la noche sino que además te acusan de un crimen impensable. Estoy realmente decepcionado.

—Yo… nosotros no hemos sido, papá… te lo prometo —balbuceó Cale—. Murda está mintiendo.

¡Cale no se podía creer lo que estaba pasando! ¡Murda les había tendido una trampa! ¿Cómo podría convencerlos de que ellos no habían sido?

Wickenburg se acercó a los chicos sujetando el hacha en su mano. Sus ojos brillaban de furia. Uno de sus dragones lo siguió hasta poner la nariz delante de la cara de Cale.

—¡Mi hijo nunca miente! —espetó Wickenburg señalándolo con un dedo acusador.

Cale observó al dragón y de pronto empezó a temblar. Las piernas no lo sujetaban. Se sentó en el suelo y se tapó la cara con las manos. Había visto algo que le había dejado la sangre helada. Algo en el collar del dragón. Volvió a asomarse entre los dedos. Sí, no había duda.

—Cale, ¿qué te pasa? —preguntó Arco preocupado al ver a su amigo tiritando.

Cale no podía responder. Había palidecido y no paraba de temblar.

—Ante la evidencia indiscutible y por el poder que me otorga el pueblo, condeno a Cale y a Arco a... —siguió diciendo el alcalde.

—¡Un momento! —Antón interrumpió al alcalde y se puso entre él y Cale—. Aquí solo tenemos la palabra de Murda contra la de Arco y Cale. No podemos condenar a nadie sin más pruebas.

—Antón tiene razón —dijo el padre de Cale que todavía no salía de su asombro—. Propongo que nos llevemos a los chicos a los castillos y mañana, por la mañana, convocaremos una reunión cuando esté el Comité al completo para que tengan un juicio justo.

Cale respiró aliviado aunque seguía muy asustado. Por lo menos su padre no iba a tragarse sin más las acusaciones de Murda. Tenía unas horas para pensar una explicación y demostrar que el hijo del alcalde estaba detrás de todo esto.

—¿Mañana? —preguntó Wickenburg—. ¡Ni hablar! Mañana saldremos a buscar a Curiel. Esto debemos zanjarlo inmediatamente.

—Wickenburg, Murda está aquí. Es evidente que Curiel no lo ha raptado —dijo Antón—. Seguramente habrá huido del fuego como todo el mundo.

—¡Curiel es un fugitivo! ¡Un prisionero que se ha dado a la fuga! ¡Debemos darle caza! —exclamó Wickenburg. El alcalde estaba furioso. Le molestaba que Antón siguiera llevándole la contraria. A él nadie le decía lo que tenía que hacer. Miró a su hijo—. Murda, cuéntales lo que acabas de decirme de Curiel.

Murda de pronto cambió de actitud. Empezó a frotarse las manos nerviosamente y a mirar al suelo.

—¿Y bien? —insistió Antón.

—¡Curiel me atacó en las mazmorras cuando fui a darle de comer! —dijo por fin Murda—. Me robó las llaves y me tenía completamente amordazado, pero por suerte conseguí escapar y esconderme.

—¡Es mentira! —consiguió decir Cale armándose de valor—. ¡Curiel ni siquiera había comido en varios días!

—¡SILENCIO! —le cortó Wickenburg—. ¡No quiero oír ni una palabra tuya más! ¡Ya lo habéis oído! ¡Curiel es un delincuente y debemos continuar con la búsqueda y captura!

El padre de Cale se acercó al alcalde.

—Wickenburg, estoy de acuerdo en que mañana debemos buscar a Curiel y asegurarnos de que esté bien —dijo—. Pero insisto en que esta noche lo mejor que podemos hacer es llevar a los chicos a sus castillos y mañana, cuando todos estemos más despejados y tengamos más información, tomaremos una decisión. Te doy mi palabra de que

Cale no va a salir de su habitación. Yo me encargaré de que así sea.

—Yo puedo llevar a Arco a su castillo y hablar con sus padres —añadió la madre de Casi.

Al ver a la madre de Casi, Cale se acordó de sus amigos Mayo y Casi. ¿Dónde estarían? Echó un vistazo por todo el parque por si estuvieran escondidos, pero no había ni rastro de ellos.

Wickenburg miró a los chicos enfurecido y después a su hijo. Murda se encogió de hombros.

—Está bien —aceptó el alcalde—, pero te lo advierto, Carmona, si veo a estos chicos merodeando por ahí, acabaréis todos en las mazmorras.

—Deberías tener un poco más cuidado con tus amenazas, Wickenburg —protestó Antón encarándose al alcalde—. Además te recuerdo que las mazmorras están destrozadas por el fuego. De ninguna manera

podrías meter a nadie allí. —Se dio media vuelta para dirigirse al padre de Cale—. Carmona, llévate a tu hijo y mañana hablamos.

—Muy bien —dijo el señor Carmona—. Cale, coge tu dragón y ve inmediatamente al castillo sin rechistar.

—Arco, tú vienes conmigo —dijo la madre de Casi—. Iremos a tu castillo y hablaré con tus padres.

Wickenburg se alejó del grupo dando grandes pisotones. Se subió a uno de sus dragones y azotó el látigo en el aire. El sanguinario dragón rugió con fuerza y alzó el vuelo. El otro dragón lanzó una bola de fuego al aire y salió detrás de su dueño.

Antón, la madre de Casi y Arco fueron hasta el recinto donde estaba Flecha. Esperaron a que el chico se subiera a su dragón y los tres salieron del parque.

Cale seguía en el suelo, incapaz de moverse.

—¿Te ocurre algo? —le preguntó su padre—. Estás pálido.

—Ese… ese dragón… —titubeó Cale. Se frotó la cara con las manos para intentar quitarse la imagen que acababa de ver. Respiró con fuerza y decidió que no podía contarle nada a su padre. Todavía no—. No, no es nada… Ya voy.

Cale por fin fue a buscar a Mondragó. Se subió al mondramóvil y, vigilado de cerca por su padre, agitó las riendas para meterse por el camino de vuelta a su castillo.

«La misión ha fracasado», pensó Cale. «Todos corremos un grave peligro».

CAPÍTULO 9

¿Fin de la misión?

Al llegar al castillo, la madre y la hermana de Cale estaban esperando en la puerta. Cale y su padre metieron a sus respectivos dragones en las dragoneras sin decir ni una sola palabra. Por suerte, Curiel estaba bien escondido y no lo vieron. Cuando salieron, se acercaron al castillo.

—¿Qué ha pasado? ¿De dónde venís? —preguntó la madre corriendo hacia ellos—. ¿Estáis bien?

—Sí, todo está en orden —contestó el padre de Cale—. Ahora voy a asegurarme de que Cale se mete en su habitación y te cuento lo que ha pasado.

Cale miraba hacia el suelo. No se atrevía a mirar a su madre a la cara. En cuanto se enterara de que se había escapado por la noche iba a estar tan decepcionada como su padre.

—¿En qué líos te has metido ahora? —preguntó su hermana.

Cale no contestó. Cruzó la puerta del castillo y subió las escaleras hasta su habitación, con su padre detrás. Cale entró en la habitación. En la jaula vio que había una paloma; sin embargo no era la suya, era la paloma blanca de Mayo. Quería acercarse rápidamente a leer su mensaje, pero decidió esperar.

—Papá, te prometo que nosotros no destrozamos el árbol —dijo Cale.

—Te creo —contestó su padre.

—Entonces, ¿por qué me castigas? —preguntó Cale sorprendido.

—Para protegerte.

—¿Cómo? —Cale no entendía por qué había dicho eso su padre. ¿Protegerlo de qué? ¿Sabría su padre algo?

El padre de Cale pareció arrepentirse de sus palabras nada más decirlas. Iba a decir algo más pero se calló. Después le puso las manos en los hombros a su hijo y dijo:

—Cale, la desobediencia tiene consecuencias —dijo seriamente—. Esta noche te escapaste del castillo sin permiso y ahora debes pagar por tu travesura. Mañana hablaremos con más calma. Quiero que te quedes en tu habitación y hasta que no regrese de buscar a Curiel, tienes AB-SO-LU-TA-MEN-TE prohibido salir a ningún sitio. ¿Está claro?

—Sí, papá, muy claro —contestó Cale—, pero…

—No hay peros —le cortó su padre—. Mañana hablamos. Buenas noches —dijo saliendo de la habitación y cerrando la puerta detrás de él.

—Buenas noches —contestó Cale.

Cale se quedó solo en su habitación. ¡El día no podía haber acabado peor! Sí, ya tenía cinco de las seis semillas, pero no servirían de nada si no conseguían encontrar la sexta. Y ahora estaba castigado sin salir.

En la esquina de la habitación oyó un ruido. La paloma de Mayo se movía inquieta en la jaula. ¡La paloma! ¡Casi se le olvida!

Se acercó rápidamente. Sacó el mensaje de su funda de cuero con manos temblorosas. Esperaba que su amiga no estuviera en peligro. Desenrolló el pequeño pergamino y lo leyó:

No puedo ir. Lo siento.

«Así que Mayo nunca salió de su castillo», pensó Cale. «¡Menos mal! Pero ¿y Casi? ¿Dónde se habrá metido? ¿Y dónde está mi paloma? Tenía que haber vuelto ya».

Cale abrió su bolsa y sacó la semilla blanca que le había dado Curiel. Su intenso brillo era casi cegador. Después se acercó a su cama y sacó a Rídel que seguía guardado debajo del colchón. Estaba a punto de abrirlo y enseñarle la nueva semilla, pero decidió no hacerlo. No quería decepcionar al libro parlante y tener que contarle que su misión había llegado al fin. Se tumbó en su cama y puso a Rídel encima del pecho. Pensó en todo lo que había pasado ese día: la visita a las mazmorras, las cuevas invernadero, el incendio, los libros parlantes, la aparición de Curiel en las dragoneras, las dos semillas recuperadas y la marca en el collar del dragón de Wickenburg.

Habían tenido demasiadas aventuras para un día y todavía quedaban muchos misterios por resolver.

¿Dónde estaría Casi?

¿Por qué su padre le dijo que lo estaba protegiendo?

¿Encontraría Wickenburg a Curiel en las dragoneras de su castillo?

¿Cómo iba a conseguir la sexta semilla ahora que estaba castigado sin salir?

Las preguntas le daban vueltas en la cabeza. Mientras intentaba poner todos sus pensamientos en orden, notó el calor de las páginas de Rídel y sus latidos rítmicos y lentos. Cale tenía que idear un plan, tenía que

quedarse despierto; sin embargo, se le fueron cerrando los ojos y, sin poder evitarlo, se quedó profundamente dormido.

El día había llegado a su fin. A la mañana siguiente, cuando se despertara, le esperaban nuevas sorpresas y nuevas aventuras.

MONDRAGÓ